Du même auteur à *l'école des loisirs*

Collection Mouche

Orang et Outang

11, rue de Sèvres, Paris 6e
Loi n° 49.956 du 16 juillet 1949 sur les publications destinées à la jeunesse : mai 2018
Dépôt légal : mai 2018
Imprimé en France par l'imprimerie à Clerc

ISBN 978-2-211-23597-6

Matthieu Sylvander

Le plein de blorg

Illustrations de Perceval Barrier

Mouche
l'école des loisirs

Prologue

Quelque part au milieu des montagnes se dresse une petite ferme au toit d'ardoises. Dans cette ferme, il y a des animaux : Mouton, Chèvre, Cochon, Jument, Vache, toute la basse-cour, et Ninon.

Ninon n'est pas un animal comme les autres. C'est une petite fille avec des couettes blondes, un tablier bleu, des taches de rousseur brunes, des sandales vertes, et des ongles noirs car elle a souvent les mains dans la terre. Toute l'année, elle habite la ville, mais elle vient passer les vacances chez ses grands-parents, à la montagne. Elle adore être chez ses grands-parents, surtout quand ils profitent de sa présence pour descendre faire des courses dans la vallée en lui laissant la garde de la ferme.

UNE HEURE
AVANT LA FIN DU MONDE

Ninon et les animaux sont en train de jouer au mouchoir dans la cour de la ferme quand un gros objet tout rond avec des antennes vient se poser au milieu de leur cercle.

Pour une surprise, c'est une surprise. Mouton se met à bêler, Chèvre à chevroter, Jument à hennir, Vache à meugler et Cochon à faire le tour de l'objet en se grattant la tête. Cochon est le moins émotif de tous. En tout cas, c'est celui qui se pose le plus de questions, car il aime bien comprendre de quoi il retourne. Ninon et lui s'entendent bien, et d'ailleurs, lui aussi a souvent les ongles sales.

– Je soupçonne qu'il s'agit d'un module spatial, dit-il d'un ton savant. Voyez ces hublots holographiques, ces stabilisateurs à ergol, et ces antennes hypraboloïdales ; je pense qu'elles sont composées de vibranium mélangé à de la kryptonite.

– Et donc ? bêle Mouton.

– Et donc on ne trouve pas de kryptonite sur Terre. Tout le monde le sait. Il s'agit donc d'un vaisseau alien.

– S'il n'y a pas de kryptonite sur Terre, comment sais-tu à quoi ça ressemble ? remarque finement Chèvre.

Ninon calme le jeu : on ne va pas se disputer devant des extraterrestres. Quelle image cela donnerait-il de notre planète ?

– Excusez-moi, mais d'abord, qui nous dit qu'il s'agit d'extraterrestres ? demande Vache de sa grosse voix.

C'est alors que la porte du module s'ouvre. Une, puis deux, puis cinq, puis dix créatures étranges sortent d'un air décidé. Elles arborent des ceintures décorées de boutons et de lumières clignotantes, et brandissent des objets qui font bigrement penser à des armes.

– Ils ont des tentacules et des atomiseurs, je ne sais pas ce qu'il te faut de plus chuchote Cochon.

– OK, reconnaît Vache, je n'ai rien dit.

Dans toute l'histoire de l'humanité, c'est la première fois qu'un contact est établi entre la Terre et une civilisation extraterrestre : le moment est solennel, il ne faut pas se rater.

Comme elle est toute seule à la ferme avec les animaux, c'est à Ninon d'accueillir les visiteurs.

– Salutations, dit-elle. Je suis Ninon, et voici Mouton, Âne, Jument, Cochon, Vache, et toute la basse-cour. Nous vous souhaitons la bienvenue sur la planète Terre.

Les étrangers sont visiblement surpris par ce comité d'accueil. Celui qui semble être le chef fait un pas en avant et prend la parole d'une voix aiguë.

– 

Ninon regarde les animaux, qui se regardent entre eux en haussant les épaules. Personne n'a rien compris, pas même Cochon.

– ⌘⊸ ⫯⌘⦂⦂×☘☾ ▷☘⊕☼◑✻⌘✻△ ⲩ⊕ѵ ⁘☘⊕△ ѵ▾✻ѵ⌒ ×ѵ△ △⌘⊕⁘⌘⁝ѵ△ △⊕⦂⦂ ⊛ѵ▾▾ѵ ⫯◑⌘☾ѵ▾ѵ ⫯☘⊕⦂⦂⦂⦂✻ѵ dit le chef avec un petit geste du tentacule avant droit.

Tous ensemble, les extraterrestres appuient sur un bouton de leur ceinture. Un bourdonnement retentit, et le chef hoche la tête.

– Ça devrait aller mieux avec la traduction automatique. Terriens, bonjour. Je m'appelle Jean-Michel, et voici Jean-Marc, Jean-Pierre, Jean-Paul, Jean-François, Jean-Claude, Jean-Christophe, Jean-René, Jean-Charles, et Jean-Marie. Nous sommes des Plutoniens, et nous sommes venus détruire votre planète.

Bon.

Ninon et les animaux ne sont pas tout à fait certains d'avoir compris. Jument avale sa salive avec difficulté.

– Euh, détruire comment ?

L'un des Plutoniens (peut-être Jean-Marc) brandit son atomiseur.

– Détruire comme ça, dit-il en pointant l'arme sur une montagne.

Zap !

Plus de montagne.

Cette fois, les animaux ont bien compris, et se mettent à trembler comme des feuilles, même Cochon. Content de lui, Jean-Marc veut faire une nouvelle démonstration, mais Ninon s'interpose. Elle n'est pas du genre à se laisser impressionner par le premier atomiseur venu.

– Stop ! Ça va, on a vu ! D'accord, vous êtes venus détruire la Terre ; mais dites-moi, dans ce cas, pourquoi atterrir ?

– Ah, dit le chef, ça, c'est à cause de Jean-Claude : il a oublié de faire le plein de blorg ce matin.

– Pardon, dit Jean-Claude, moi, je l'ai fait hier. Aujourd'hui, c'était au tour de Jean-René.

Jean-René n'est pas d'accord ; il prétend qu'il était déjà de blorg avant-hier, et qu'aujourd'hui il est de vaisselle.

– Alors pourquoi est-ce que c'est moi qui ai lavé les bols du petit déj' ? demande Jean-Christophe, furieux.

La discussion s'envenime. Tous les Plutoniens parlent très fort en brandissant leurs atomiseurs, et les Terriens ne sont pas vraiment rassurés.

– Ça suffit ! finit par hurler le chef. On est en panne, on est en panne, voilà tout. La faute à qui, peu importe, on contrôlera sur le tableau à notre retour ; pour l'instant, ce qui compte, c'est d'arriver à redécoller. Et pour ça, il nous faut du blorg.

Il se tourne alors vers Ninon, qui a suivi toute la dispute avec un petit sourire narquois, et lui demande d'un ton autoritaire si elle sait où ils peuvent se procurer du blorg.

– S'il vous plaît, répond Ninon.

– Pardon ?

– Du blorg, s'il vous plaît. On ne connaît pas les formules de politesse, sur Pluton ?

– Bien sûr que si, nous ne sommes pas des sauvages, mais ça ne rimerait à rien d'être polis avec des Terriens qu'on va atomiser juste après, non ?

Ninon sourit à nouveau, et regarde avec insistance le module cloué au sol. Le chef réfléchit, fait une sorte de moue, et finit par marmonner un petit « sivouplé ».

– Ah, c'est mieux ainsi, dit Ninon. Du blorg, dites-vous ? Ma foi, je ne sais pas du tout de quoi il s'agit. Je pense que ce mot n'existe pas dans notre langue. Votre traducteur automatique n'a-t-il rien de mieux à proposer ?

– Un instant, demande le chef.

Il se met à pianoter sur sa ceinture, en essayant sur tous les tons :

– 

– 

– 

– 

Mais rien n'y fait, le traducteur s'obstine à dire « blorg ».

– Désolé, dit le chef, on dirait qu'il n'existe pas de mot équivalent dans votre langue. Ça m'inquiète, d'ailleurs.

– Je ne sais pas ce qu'est le blorg, reprend alors Ninon d'un air enjoué, mais je sais où Pépé range ses bidons de gasoil pour le tracteur. Ça fera sûrement l'affaire.

– Excellente nouvelle ! se réjouit le chef. Notre mission ne sera donc pas trop retardée.

– Tut tut tut, fait alors Ninon.

Le chef la regarde sans comprendre. Ce « tut tut tut » n'est apparemment pas reconnu par son traducteur. Ninon perçoit son embarras, et s'explique aimablement.

– Si vous voulez du blorg, il faut qu'on discute. Peut-on savoir, par exemple, pourquoi vous voulez détruire la Terre ?

– Je ne vois pas en quoi cela vous regarde, mais j'accepte de répondre car je ne suis pas un sauvage. C'est la mission que nous ont confiée nos chefs sur Pluton. Il semblerait que la Terre soit pile sur le chemin d'une autoroute interplanétaire en construction. Elle ne peut pas rester là, il faut la vaporiser.

– Et on va le faire aussi parce qu'on en a envie, ricane un autre Plutonien. Ça pue, ici. Surtout lui, là.

Lui, c'est Cochon. En entendant cette appréciation, Chèvre ne peut retenir un « bêêêê » de joie.

– Jean-Paul, nous n'arriverons à rien en nous montrant désagréables, dit le chef, même si ce que tu dis n'est pas faux.

Ninon n'est pas très surprise. À l'école, elle a entendu parler de la pollution et du réchauffement. Cela dit, elle ne savait pas que la puanteur de la Terre pouvait gêner jusque sur les autres planètes. Quoi qu'il en soit, entre l'autoroute et les odeurs, il faut bien reconnaître que les Plutoniens ont deux bonnes raisons pour dégainer les atomiseurs, du moins de leur point de vue.

– Bon, dit-elle. Admettons. Que pensez-vous qu'il va se passer maintenant ?

– Rien de plus simple, dit le chef. Vous allez nous donner du blorg, nous allons dire merci car nous ne sommes pas des sauvages, puis nous décollerons, et une fois en orbite nous sortirons notre gros canon à plasma et nous reprendrons notre mission là où…

– Tut tut tut, l'interrompt Ninon en contemplant ses ongles noirs avec attention.

Le chef se tait, réfléchit, et comprend. Il fait s'approcher ses camarades ; ensemble, ils tiennent un long conciliabule mouvementé dans leur langue incompréhensible. Ils finissent par tomber d'accord, et le chef revient vers Ninon.

– OK, dit-il finalement, la tête basse. Vous nous donnez du blorg, nous décollons, et nous regagnons Pluton sans détruire la Terre.

– Promis juré ?

– Promis juré.

– Et votre mission ? Que direz-vous à vos chefs ?

– Eh bien nous dirons que le canon était tombé en panne parce que Jean-René avait oublié de faire le plein de plasma, et que de toute façon ça ne puait pas si fort.

– Et pour l'autoroute ?

– J'imagine qu'elle peut passer un peu plus loin, ou alors ils feront un pont ou un tunnel.

– Eh bien voilà ! approuve Ninon. Jument, apporte un bidon à nos amis, je te prie. Tu le trouveras dans la remise, sur l'étagère du haut.

Jument va chercher un bidon de gasoil, qu'elle donne au Plutonien le plus proche. Jean-Pierre (car c'est lui)

dévisse le bouchon, jette un coup d'œil à l'intérieur, et tout à coup, sans prévenir, avale le contenu du bidon. Comme ça, d'un trait, gloup !

Eh bien ! Les Terriens ne s'attendaient pas à celle-là ! Pourtant, il faut bien goûter pour savoir.

– Ça va ? s'inquiète Ninon.

– Oui, pourquoi ça n'irait pas ? répond Jean-Pierre.

– Pour rien. Alors, est-ce que c'est bien du blorg ?

– Non, dit Jean-Pierre, mais ça ressemble un peu à une boisson qu'on sert en apéritif sur Pluton.

Les Plutoniens sont bien ennuyés. Retour à la case départ : le gasoil n'est pas du blorg, et ils sont toujours coincés sur Terre. Que faire ?

Cochon, qu'on avait un peu oublié, s'avance alors, un air intelligent sur le visage.

– Si le gasoil terrien ressemble à un apéritif plutonien, un apéritif terrien devrait ressembler au gasoil plutonien. C'est logique.

– C'est logique, ça ? dit le chef.

– Bien sûr, dit sévèrement Cochon. Apportez de la bière.

Ninon file derrière le tas de bois, car c'est là que Pépé planque sa réserve, et en revient avec une bouteille. Jean-Pierre (qui semble être le goûteur de la troupe) la décapsule d'un coup de tentacule, et l'engloutit devant les autres Plutoniens et les Terriens attentifs.

– Hips ! fait-il. Pas terrible.

– C'est du blorg ? demande à nouveau Ninon.

– Pas du tout. Pour le coup, ça ressemblerait plutôt à une boisson qu'on sert à la fin du repas sur Pluton.

Cochon sourit alors, de l'air de celui qui a tout compris.

– Très intéressant… Très, très intéressant. Écoutez-moi bien, c'est fort simple. Si ce que l'on boit sur Terre en apéritif ressemble à ce que l'on sert sur Pluton en fin de repas, et si ce que l'on met dans les tracteurs sur Terre ressemble à ce que l'on boit sur Pluton en apéritif, alors ce que l'on sert sur Terre en fin de repas ressemblera à ce que l'on met dans les modules spatiaux sur Pluton.

Personne n'a rien compris, ni les Plutoniens, ni les Terriens. Cochon insiste.

– Mais si, voyons, rien de plus logique. Le blorg, c'est du… c'est du ???

Personne ne répond.

– C'est du CAFÉ, bien sûr ! Qu'on apporte du café !

Ninon file dans la cuisine. Il reste toujours un fond de café dans la cafetière. Elle le verse dans une tasse, le fait réchauffer au micro-ondes et revient dare-dare l'offrir à Jean-Pierre avec un sucre et une petite cuiller.

– Ah ça, c'est vraiment très bon, dit-il.

– Alors, c'est du blorg ?

– Ben non, c'est du café !

Ninon hausse les épaules. Pour le blorg, c'est mal parti.

– Eh bien, on dirait que vous allez devoir rester ici !

– Ce qui m'ennuie, dit alors le chef, c'est que si nous ne revenons pas, une autre expédition sera sûrement vite lancée, et la Terre sera détruite pareil.

– Avec vous dessus ?

– Avec nous dessus. Vous savez, on ne se pose pas trop de questions, sur Pluton.

UN QUART D'HEURE AVANT LA FIN DU MONDE

Un grand silence s'est abattu sur les animaux et les Plutoniens.

Et juste après, UNE GRANDE PANIQUE S'ABAT SUR LES ANIMAUX ET LES PLUTONIENS !!!

Ils courent dans tous les sens en poussant des cris, et en agitant leurs tentacules (enfin, ceux qui en ont). Finalement, ça vaut la peine de faire encore un petit effort pour trouver du blorg, tout le monde en est convaincu.

Chacun va donc chercher de son côté quelque chose à essayer. Jean-Pierre goûte du Coca, du jus d'abricot, de la soupe de poireaux, de la peinture rouge, du parfum

de Mémé, de l'huile de friture, du produit vaisselle, de l'essence de térébenthine, de l'alcool à brûler, de la lessive avec assouplissant, et même du lait de Vache et du pipi de cheval (ou plutôt de Jument).

Jean-Pierre est prêt à éclater, mais rien de tout cela n'est du blorg.

Découragés, les Plutoniens s'assoient dans l'herbe avec les animaux.

– À vrai dire, ça ne m'étonne pas tellement, dit le chef. Le blorg est si rare… S'il y en avait sur Terre, nous le saurions.

– Ah bon, vous êtes déjà venus dans le coin ? demande Chèvre.

– Non, pour quoi faire ? répond le chef. Personne de chez nous n'a jamais essayé d'atterrir sur cette planète peuplée de primitifs sans intérêt. Sans vouloir vous vexer, bien sûr.

Ninon excuse le chef d'un petit geste du poignet. Elle peut comprendre ses arguments, elle qui passe une bonne partie de son temps avec les animaux de la ferme. Malgré tout, elle n'est pas complètement d'accord, et n'hésite pas à le dire.

– Savez-vous, ami Jean-Michel, qu'on est toujours le primitif de quelqu'un d'autre ? Je suis bien certaine que quelque part dans la Galaxie ou même plus loin, il existe un peuple qui n'a pas besoin de blorg pour faire voler ses modules, et qui vous considérerait comme des abrutis, vous et les autres Jean-Machin. Sans vouloir vous vexer, bien sûr.

Un point pour Ninon. Le chef réfléchit, imité par tous les Plutoniens.

– C'est drôle, dit l'un d'entre eux, je n'avais jamais pensé à ça.

– Moi non plus, avoue Mouton. Mais ce n'est probablement pas faux.

– C'est quoi, déjà, votre nom ? lui demande un Plutonien. Juton, c'est ça ?

– Non, moi c'est Mouton, vous mélangez avec Jument, à côté. Et vous, c'est Jean-René ?

– Non, Jean-François, mais vous savez, je ne m'appelle pas vraiment ainsi, c'est juste une traduction automatique.

– Ah bon, et sans traduction, qu'est-ce que ça donne ?

– ▽V⊗☾ ⚹⦚⊗☾⊕⁂✻△.

– C'est joli. Et comment dit-on Mouton, en plutonien ?

CINQ MINUTES
AVANT LA FIN DU MONDE

Tout le monde est maintenant allongé dans l'herbe, dans une ambiance de pique-nique, ou de fin du monde. Des conversations amicales s'engagent ici et là entre Plutoniens et Terriens, que leur prochaine atomisation a soudain rapprochés. Comme il n'y a plus rien à faire, autant passer un dernier bon moment tous ensemble.

Seul le chef regarde d'un air inquiet sa montre (ou en tout cas quelque chose qui pourrait bien être une montre).

– Bien, dit-il, il ne nous reste plus qu'à attendre avec courage et résignation la prochaine expédi…. AAAAHHH ! ILS ONT COMMENCÉ !!!

Un roulement de tonnerre a retenti dans le lointain.

Les Plutoniens et les animaux se remettent à courir dans tous les sens en agitant leurs tentacules et en poussant de grands cris. Seule Ninon parvient à conserver son sang-froid.

– Grandes bêtes ! dit-elle en riant. Ce n'est qu'un orage, voyons ! Mettons-nous à l'abri, on sera peut-être pulvérisés, mais au moins on sera au sec !

Et alors qu'ils courent tous ensemble vers la grange, une énorme averse s'abat sur eux.

Les Plutoniens s'arrêtent instantanément, et lèchent leurs écailles trempées.

Ils se regardent d'un air incrédule.

– Mais, mais… mais c'est du BLORG!!!!!

Épilogue

Ouf!

Tout est bien qui finit bien! On fait le plein de blorg, tout le monde s'embrasse, et les Plutoniens remontent dans leur module.

– Revenez nous voir! crient les animaux.

– Bien sûr, à bientôt! répondent les Plutoniens.

– Et alors, demande Ninon, la Terre?

– Elle ne risque rien ! promet le chef. Pensez donc, une planète où le blorg tombe du ciel !

BONUS !

L’alphabet plutonien

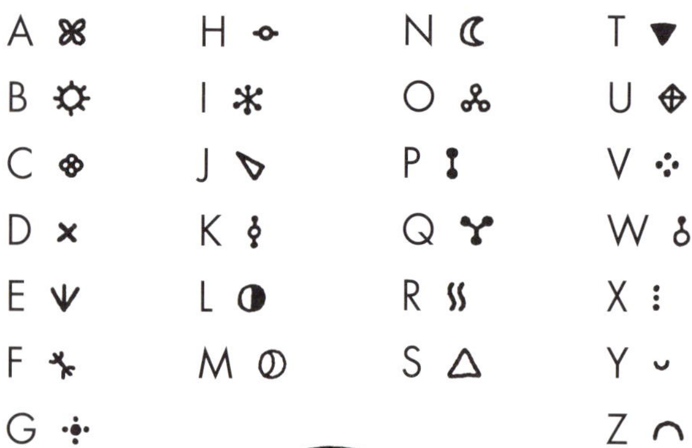

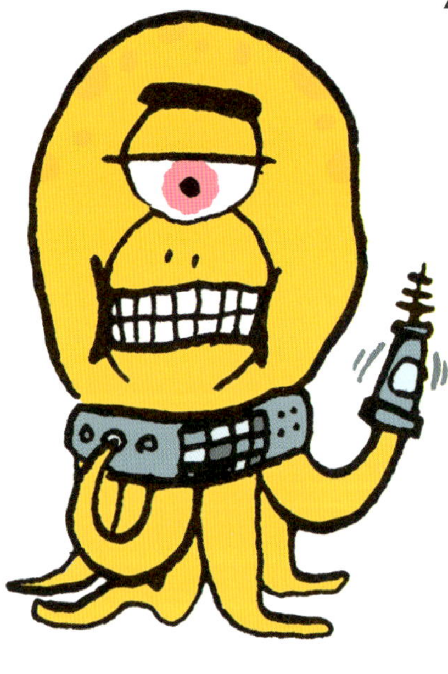